A Sopa de Sábado da Avó
Grandma's Saturday Soup

Written by Sally Fraser

Illustrated by Derek Brazell

Na segunda-feira de manhã, a mamã acordou-me muito cedo.
"Levanta-te Mimi e prepara-te para ires para a escola!"
Pus-me em cima da cama, ainda meio a dormir e cansada
e abri a cortina.

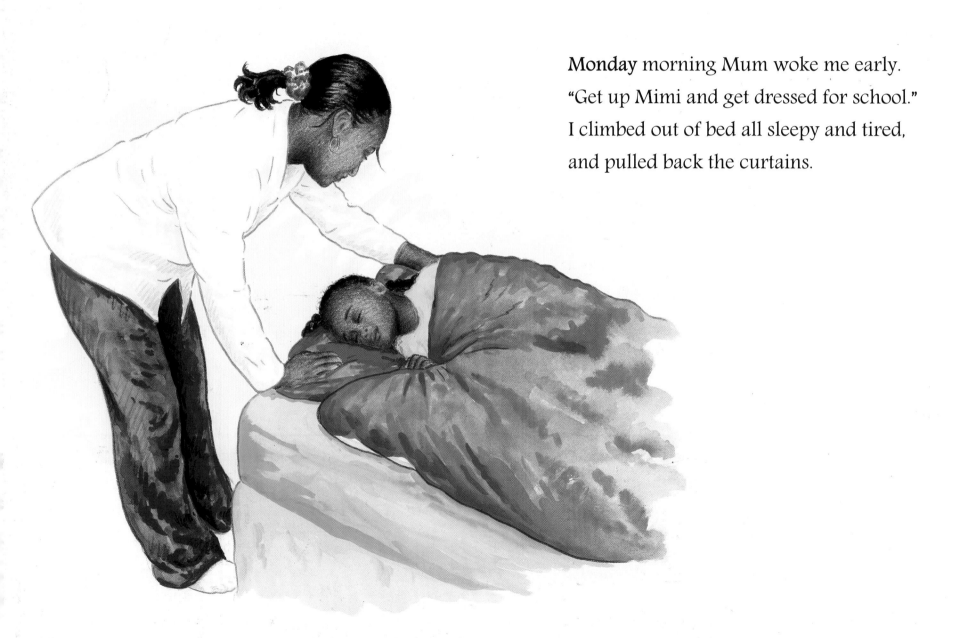

Monday morning Mum woke me early.
"Get up Mimi and get dressed for school."
I climbed out of bed all sleepy and tired,
and pulled back the curtains.

Era uma manhã fria e cheia de nuvens.
As nuvens no céu eram brancas e fofas.
Faziam-me lembrar os bolinhos da
Sopa de Sábado da Avó.

The morning was cloudy and cold.

The clouds in the sky were white and fluffy.

They reminded me of the dumplings in Grandma's Saturday Soup.

A avó conta-me histórias sobre a Jamaica quando vou a casa dela.

Grandma tells me stories about Jamaica when I go to her house.

"*As nuvens na Jamaica trazem consigo a chuva mais forte que possas imaginar. É como se alguém, de repente, tivesse aberto a torneira do céu. A brisa morna afasta as nuvens e o sol aparece outra vez.*"

"*The clouds in Jamaica bring the heaviest rain.*
It's like someone has turned the tap on in the sky.
The warm breeze moves them on and the sun comes out again."

Na terça-feira de manhã, o pai levou-me à escola.
Era um dia frio e seco; tinha nevado na noite anterior.

Tuesday morning Dad took me to school.
The day was cold and crisp; it had snowed in the night.

É branca e macia e parece a parte de dentro de um inhame cortado.
Como o inhame da Sopa de Sábado da Avó.

It's white and smooth and looked like the inside of a sliced yam.

Just like the yam in Grandma's Saturday Soup.

A avó conta-me que a areia branca e fina das praias
é como a neve acabada de cair, mas nunca está fria.

Grandma tells me that the white powdery sand on the beaches looks
like fresh snow but it's never cold.

Será que se consegue fazer um boneco
de areia com a areia branca?
Era divertido, não era?!

I wonder if I could make a sandman with the white sand?
Wouldn't that be funny?!

Na quarta-feira nevou mais. Estava frio mas
eu estava toda embrulhada e no quentinho.
*A avó conta-me histórias sobre a Jamaica
quando vou a casa dela.*

Wednesday the snow fell harder. It was cold but I was wrapped up warm.
Grandma tells me stories about Jamaica when I go to her house.

"O sol brilha todos os dias. O sol aquece-te a pele e só tens de usar uns calções e uma t-shirt."
Calor todos os dias? Calções e t-shirt? Não posso acreditar.

"The sun shines every day. The sun is warm on your skin and you only need to wear your shorts and a T-shirt."
Warm every day? Shorts and T-shirt? I can't believe that.

No recreio da tarde fizemos bolas de neve
e andámos a atirar com elas uns aos outros.

At afternoon play we made snowballs
and threw them at each other.

The snowballs remind me of the round soft potatoes in Grandma's Saturday Soup.

As bolas de neve fazam-me lembrar as batatas redondas e moles da Sopa de Sábado da Avó.

Na quinta-feira depois da escola, fomos à biblioteca com a minha amiga Layla e com a mãe dela.

On **Thursday** I went to the library after school with my friend Layla and her Mum.

Quando passámos pelo parque vimos uma série de
bulbos que começavam a crescer. Os rebentos verdes
e pequeninos espreitavam entre a neve. Pareciam as
cebolinhas da Sopa de Sábado da Avó.

As we passed the park we saw the little bulbs starting to grow.
The little green shoots poked through the snow. They looked like
the spring onions in Grandma's Saturday Soup.

Grandma tells me about the wonderful plants and flowers in Jamaica.
"In Jamaica the most beautiful flowers grow wild.
They are all different colours and sizes
and their smell fills the air."
I've never seen flowers like that before,
I wonder if she's only joking?

A avó fala-me das plantas e flores muito belas que há na Jamaica.

"Na Jamaica podes encontrar flores lindíssimas que crescem livremente. Têm todas cores e tamanhos diferentes e o seu perfume passeia-se pelo ar."

Eu nunca vi flores assim. Será que ela está a falar a sério?

Na sexta-feira, a mãe e o pai já estão atrasados para irem trabalhar.
"Despacha-te Mimi, escolhe uma peça de fruta para levares para a escola."

On **Friday** Mum and Dad are late for work.
"Hurry Mimi, choose a piece of fruit to take to school."

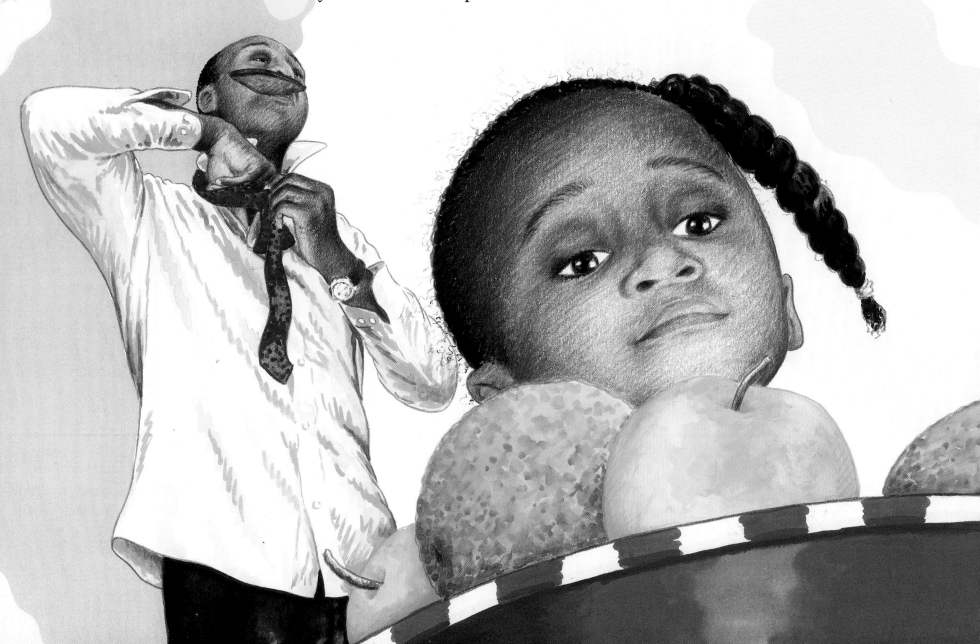

Olhei para a fruteira cheia.
Escolho uma laranja, uma maçã ou uma pêra?
A maçã e a pêra; têm uma cor e uma forma que me
lembram o chuchu da Sopa de Sábado da Avó.

I looked at the bowl full of fruit.

Should I choose an orange, an apple or a pear?

The apple and pear; their colour and shape remind me

of the cho-cho in Grandma's Saturday Soup.

A avó fala-me da fruta da Jamaica.
"Na Jamaica podes ir para a escola e apanhar fruta
das árvores, uma manga, sumarenta e doce."

Grandma tells me about the fruits in Jamaica.

"In Jamaica you can walk to school and pick a piece of fruit

from a tree, a ripe mango all juicy and sweet."

Depois da escola, como prémio pelas minhas boas notas,
a mãe e o pai levaram-me ao cinema.
Quando lá chegámos estava sol, mas ainda fazia frio.
Acho que a Primavera está a chegar.

After school, as a treat for good marks, Mum and Dad took me to the cinema.

When we got there the sun was shining, but it was still cold.

I think springtime is coming.

O filme era fantástico e quando saímos o sol já se estava a pôr pela cidade.
À medida que se ia pondo, o sol era enorme e laranja, como a abóbora da
Sopa de Sábado da Avó.

The film was great and when we came out the sun was setting over the town.
As it set it was big and orange just like the pumpkin in Grandma's Saturday Soup.

A avó fala-me do nascer e do pôr-do-sol na Jamaica.
"O sol nasce muito cedo e faz-te sentir animada e pronta para começares o dia."

Grandma tells me about the sunrise and sunsets in Jamaica.
"The sun rises early and makes you feel good and ready for your day."

"*Quando o sol se põe, chega a lua acompanhada de um milhão de estrelas, que brilham no céu como diamantes.*"
Um milhão de estrelas, nem sequer consigo imaginar tantas estrelas.

"*When it sets and the moon comes out she is followed by a million stars that look like diamonds twinkling in the night sky.*"
A million stars, I can't even imagine that many.

No sábado de manhã fui à minha aula de dança.
A música era lenta e triste.

Saturday morning I went to my
dance class. The music was slow
and sad.

A avó fala-me dos ritmos da música calypso e dos tambores metálicos, das pessoas a tocarem à sombra duma árvore.
Uma árvore maravilhosa com enormes folhas, que parecem cascas de bananas verdes.
"A música põe-te feliz e dá-te vontade de dançar."

Grandma tells me about the rhythms of calypso music and steel drums, of people playing under the shade of a tree. A wonderful tree with long leaves that look like the strands of skin from a green banana.
"The music makes you happy and want to dance."

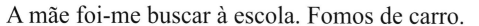

A mãe foi-me buscar à escola. Fomos de carro.
Fomos pela estrada fora e passámos ao lado da escola. Virámos à esquerda ao pé do parque e passámos ao pé da biblioteca. Atravessámos a cidade, passámos pelo cinema e já não falta muito.

Mum picked me up after class. We went by car.
We drove down the road and past my school. We turned left at the park and on past the library. Through the town, there's the cinema and not much further now.

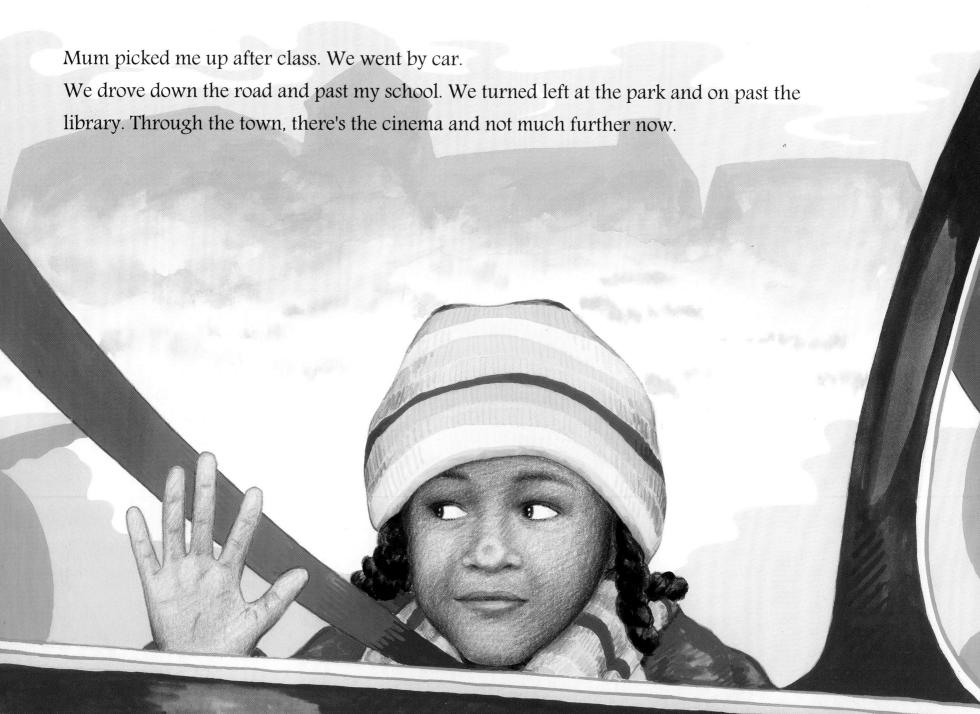

Eu tinha cá uma fome. Muita fome. E por fim, chegámos a casa da avó.

I was hungry. Really hungry. At last we arrived at Grandma's.

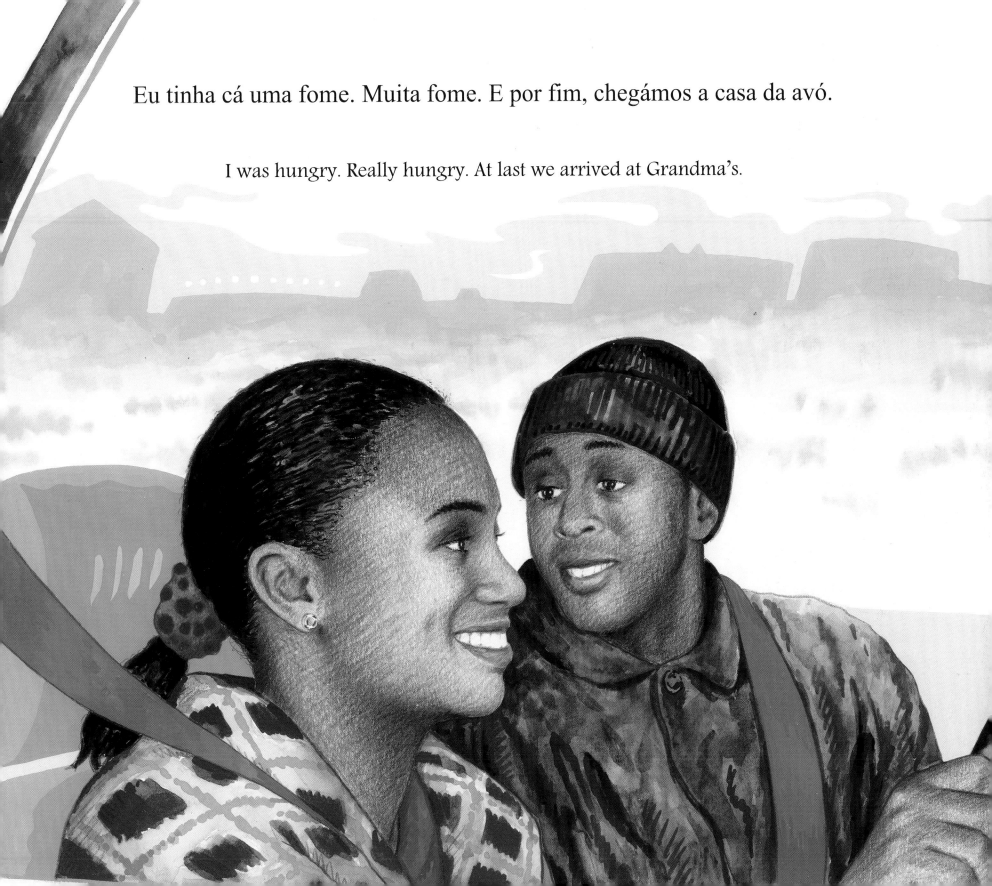

Corri para a porta e já podia sentir um cheiro delicioso.
Bananas verdes, chuchu e inhames, bolinhos, batata
e abóbora...

I ran to the front door and could smell a delicious smell.
It's green bananas, cho-cho and yams, dumplings, potato,
and pumpkin...

cebolinhas, galinha, uma pitada das especiarias
campestres da avó e muito caldo de galinha.
É a Sopa de Sábado da Avó!

spring onions, chicken, a good pinch of Grandma's
country seasoning and a lot of chicken stock.
It's Grandma's Saturday Soup!

No domingo, foram uns amigos jantar lá a casa.
A mãe e o pai são muito bons cozinheiros, fazem uma
comida muito boa, mas a comida de que eu mais gosto
no mundo inteiro é da Sopa de Sábado da Avó.

On **Sunday** we had friends at our house for dinner.
Mum and Dad are good cooks, their food is nice but my favourite
food in the whole wide world is **Grandma's Saturday Soup**.